Série créée par Vincent Chalvon-Demersay, David Michel
& Stéphane Berry.
D'après un scénario original de : Rhonda Smiley.

© Hachette Livre, 2007, pour la présente édition.
Novélisation : Vanessa Rubio.
Conception graphique du roman : François Hacker.

Hachette Livre, 43, quai de Grenelle, 75015 Paris.

Le choc
du futur

Nom de code :
Sammie, pour les
intimes
Look : des robes, des
fleurs… des robes à fleurs !
Passion : les livres, encyclopédies
et dicos en tout genre
Arme secrète : son cerveau (c'est une tête !)
La phrase qui tue : « Bizarre, bizarre… »

Nom de code :
Petite sœur
Look : sportive, mais
toujours à la mode
Passion : les arts martiaux
Arme secrète : sa gentillesse
(et aussi son coup de pied retourné imparable)
La phrase qui tue : « Spies pour une,
toutes pour les Spies ! »

Totally Spies!

Clover

Nom de code : la Tueuse (de garçons, bien sûr)

Look : toujours à la pointe de la mode

Passion : le shopping… (et les garçons, bien sûr)

Arme secrète : son charme irrésistible

La phrase qui tue : « Il faut que je trouve une tenue pour samedi. »

Jerry

Nom de code : notre chef bien-aimé
Look : hum… Costume, cravate, moustache (une catastrophe !)
Passion : les Spies
Arme secrète : sa moustache ?
La phrase qui tue : « Un peu de sérieux, les filles. »

Gladis

Nom de code : Gadget, Location, Assistance, Dépannage à Intelligence Synthétique (comprenne qui pourra !)
Look : métallique (avec des boutons qui clignotent, attention !)
Passion : la robotique, évidemment
Arme secrète : des bras articulés qui surgissent quand on s'y attend le moins
La phrase qui tue : « Pour cette mission, vous serez équipées d'un système anti-gravitationnel à neutrons auto-propulsé… »

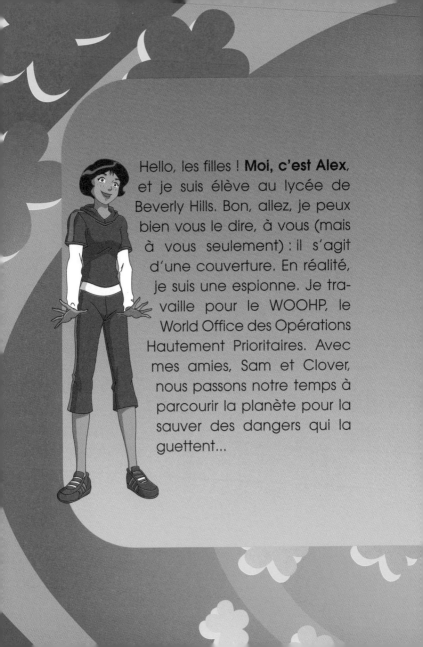

Hello, les filles ! **Moi, c'est Alex**, et je suis élève au lycée de Beverly Hills. Bon, allez, je peux bien vous le dire, à vous (mais à vous seulement) : il s'agit d'une couverture. En réalité, je suis une espionne. Je travaille pour le WOOHP, le World Office des Opérations Hautement Prioritaires. Avec mes amies, Sam et Clover, nous passons notre temps à parcourir la planète pour la sauver des dangers qui la guettent...

Comment vous expliquer ? Sam est le cerveau du groupe, Clover, le charme et la séduction, quant à moi... Moi, je suis un peu distraite et maladroite, mais les autres m'adorent parce que je suis toujours de bonne humeur et débordante d'énergie ! D'ailleurs, vous avez peut-être déjà entendu parler de nous. Les Totally Spies, ça vous dit quelque chose ? Oui ? Eh bien, voilà, c'est nous ! Nous sommes célèbres dans le monde entier, et même dans le futur. Je le sais, puisque j'en reviens. Si, si, je vous assure. Notre dernière mission nous a menées loin, très très loin !

Chapitre 1

10h45
Stade du lycée de Beverly Hills

Une chanson entraînante résonnait dans les gradins du stade où, Sam et moi, assistions à l'entraînement des pom-pom girls :

— *Un, deux, trois, quatre…*
Robe du soir et sourire de star
Sois pas en retard à ton rencard…
AAAAAAAH !

Je me suis levée d'un bond pour voir ce qui se passait. Mandy venait de dégringoler du haut de la pyramide des pom-pom girls.

— Oh, oh ! Je doute que ce vol plané fasse partie du programme.

Sam, qui était assise dans les gradins à côté de moi, bayait aux corneilles.

— Au moins, ça fait un peu

d'animation. Qu'est-ce que c'est nul !

— Tu n'es pas sympa. On est là pour encourager notre copine.

J'ai fait signe à Clover, qui avait l'air tout penaud. Étalée par terre comme une crêpe, Mandy était en train de sangloter :

— Aïe ! C'est monstrueux, il est casséééé !

— Quoi ? Ton bras ? s'est inquiétée une de ses amies.

— Ton dos ? a demandé une autre, paniquée.

Alors que nous dévalions les gradins, affolées (c'est vrai, Mandy, on ne l'aime pas trop, mais quand même), elle s'est relevée en hurlant :

— Non, mon ongle !!! Ma vie est fichue ! Comment me sentir parfaite avec un ongle cassé ?

Clover a levé les yeux au ciel.

— C'est vrai, ça ! Comment sur-
vivre à un tel drame ?

— Oh, arrête ! Tout le monde
sait que l'essentiel, c'est les apparences, a répliqué Mandy.

Elle a pointé un doigt accusateur
(celui avec l'ongle cassé, justement) vers notre amie :

— Et puis d'abord, c'est de TA

faute si JE suis tombée, Clover. Ton abominable « mousse volume » pour les cheveux a déséquilibré toute la pyramide ! Les brushings gonflants, c'est ultra-démodé ! Qu'est-ce que je vais pouvoir faire pendant six mois en attendant que mon ongle repousse ?

— Pourquoi tu ne t'offrirais pas de faux ongles ? a suggéré Clover.

La bande de groupies de Mandy (nous les avons surnommées les « Mandyfans ») est aussitôt intervenue :

— Mandy ne supporte pas de tricher. Le faux, ce n'est pas son genre.

Alors là, c'était vraiment trop drôle. Sam et moi, nous avons dû nous pincer pour ne pas éclater de rire : Mandy est la fille la plus

superficielle de tout l'univers !
Pour se faire remarquer, elle porte-
rait une perruque, des faux cils et
même un faux nez si c'était la
mode !

Mais soudain, le silence s'est fait
dans le stade. Toutes les filles se
sont tues, comme hypnotisées.
David, le play-boy du lycée, venait
d'arriver. Avec son sourire le plus
craquant, il a proposé :

— Viens travailler sur la chaîne de télé du lycée, Mandy. On cherche une nouvelle présentatrice. On te filmera en gros plan, pour ne pas montrer tes mains.

Mandy était au septième ciel. Elle flottait sur un petit nuage.

— Oh, mais oui ! a-t-elle ronronné. Après tout, c'est vrai que l'atout majeur pour réussir, c'est d'avoir un merveilleux visage.

Clover était plus verte que verte. Je crois même qu'elle en bavait de jalousie.

— Une émission de télé ? s'est-elle écriée. Oh, mais attends, David, ça m'intéresse ! Je…

Elle a voulu lui courir après mais, juste à ce moment-là, le sol s'est ouvert sous nos pieds.

Aaaaaaah !

Jerry nous avait encore woohpées sans ménagement. Il nous attendait dans son bureau avec un sourire mielleux aux lèvres.

— Ravi de vous voir, les filles ! at-il lancé alors que nous nous empilions les unes sur les autres dans le canapé.

En m'asseyant avec le peu de dignité qui me restait, j'ai regardé

autour de moi. Bizarre, bizarre. Il y avait des montagnes de matériel dans tous les coins. On se serait cru dans un vide-grenier.

Clover a fait la grimace.

— Dites donc, Jerry, vous cachez bien votre jeu. Moi qui vous croyais ordonné, quel bazar !

Notre grand chef a toussoté et a déposé un tas d'objets en vrac sur les genoux de Sam.

— Hum, oui, c'est justement à propos de ce désordre que je voulais vous voir. J'aimerais que vous fassiez l'inventaire de tous ces gadgets.

— Quoi ? s'est indignée Sam. Depuis quand est-on censées faire le ménage dans votre bureau ? Nous sommes des Super Spies, ne l'oubliez pas !

— Et en plus vous n'êtes pas tout seul, ai-je protesté. Vous avez Gladis, votre assistante.

Aussitôt l'espèce de gros robot qui trône au-dessus de son bureau a répliqué d'un ton hautain :

— Je ne suis pas une assistante. Je suis un Gadget Localisation Assistance Dépannage Intelligence Synthétique. Dresser un inventaire est indigne de mes talents.

Jerry a joint les mains.

— Bien, la discussion est close. Mesdemoiselles, je compte sur vous. Nous ferons le point tout à l'heure.

Et sur ce, il nous a plantées là, avec des tonnes de gadgets à classer.

— Par quoi on commence ? a soupiré Clover.

Sam a pris le tas que Jerry lui avait donné.

— Alors, qu'avons-nous là ? Un bracelet multifonction, des lunettes détecteur de mouvement thermosensibles, et le sèche-cheveux Pulso-Cyclone 9000.

Pendant que Clover et moi, on s'amusait avec les gadgets, Sam, toujours sérieuse, s'interrogeait :

— À votre avis, les lunettes, on les classe à L comme lunettes ou à D comme détecteur ?

— Mets-les à T comme « très démodé », Sam, a répliqué Clover.

Sur le tas de gadgets, j'ai aperçu un petit boîtier violet trop mignon, muni de deux écrans tactiles à l'intérieur.

— Oh, une console de jeu !
Génial ! Voyons… Comment ça
marche ?

J'ai tripoté tous les boutons. Et,
soudain, un flash rose s'est déclen-
ché. Le bureau s'est mis à tour-
noyer autour de nous… et nous
nous sommes retrouvées empor-
tées dans un tourbillon.

??h??
?????

Nous avons atterri en vrac par terre, décidément, c'est une habitude.

— Waouh ! C'est un jeu vidéo interactif, me suis-je extasiée. Les décors sont vraiment très réalistes.

Autour de nous se dressaient des

tours hypermodernes d'un blanc
nacré et de grands palmiers verts.

Sam a froncé les sourcils.

— Je crois que cette console de
jeu était en réalité un gadget de
téléportation, Alex. Nous devons
être dans un des nouveaux quar-
tiers branchés de Beverly Hills.

Elle avait un ton un peu fâché.
Ben, quoi ? Je ne l'avais pas fait
exprès, moi.

Clover s'est relevée en épousse-
tant son pantalon.

— Bon, on n'a plus qu'à appeler
ce bon vieux Jerry pour qu'il
vienne nous chercher.

Sam a sorti son com-poudrier.
Mais l'écran est resté tout gris.

— Rien à faire, la liaison satellite
est rompue. Notre atterrissage bru-
tal a dû endommager le récepteur.

Clover a haussé les épaules.

— Alors il ne nous reste plus
qu'une chose à faire…

— Rentrer à pied au WOOHP ?
ai-je proposé.

Elle m'a regardée comme si j'é-
tais la dernière des idiotes

— Mais non ! Aller courir les
magasins, enfin !

Nous sommes donc allées faire
du lèche-vitrines. Dans ce quartier,

tout était plus branché, plus « hype » comme dirait Clover. Elle était d'ailleurs sidérée par ce que vendaient les boutiques : combinaisons hypermoulantes, robes structurées dans des matières inconnues…

— Dis donc, c'est super tendance, presque plus en avance sur la mode que moi, ce n'est pas peu dire !

Juste à ce moment-là, deux filles sont sorties du magasin en bavardant :

— Oh, là, là ! Tu imagines ? Comment se sentir parfaite quand on a un ongle cassé ?

— Ah oui, d'autant que, dans la vie, seules les apparences comptent.

Sam s'est caressé le menton (c'est un vrai tic, chez elle).

— Euh, je rêve ou on a déjà entendu ça quelque part ?

Les filles sont passées devant nous en gloussant.

— Et l'essentiel, pour réussir, c'est d'avoir un merveilleux visage.

Nous étions ca-ta-stro-phées ! Dégoûtées, désespérées, abattues, complètement perdues !

— Je rêve ou tout le monde ici

tient le même discours que
Mandy ?

— Si c'est le cas, il ne s'agit pas
d'un rêve, mais d'un cauchemar, a
rectifié Clover.

Brusquement, nous nous sommes figées, horrifiées.

Devant nous se dressait un pan-
neau publicitaire géant et en mouvement qui annonçait d'une voix

grinçante que nous connaissions bien :

« Pour savoir ce qui est à la mode ou ringard, ne manquez pas ce soir mon émission en direct : *Le Monde tourne autour de Mandy !* »

Cette fois, Clover est devenue jaune. Jaune citron. Et je peux vous dire qu'avec ses cheveux blonds, ce n'était pas terrible-terrible comme tableau.

— C'est trop injuste. Mandy a une émission à elle qui passe sur une chaîne nationale ! Comme la vie est cruelle !

— Elle est aussi cruelle envers Mandy, ai-je remarqué pour la consoler. On dit que ça vieillit de passer à l'écran, mais elle, ça lui donne un de ces coups de vieux ! Elle fait au moins dix ans de plus !

Sam a alors émis un bruit bizarre. Un genre de « couarc » comme si elle s'étranglait avec sa propre salive.

— Euh, il y a un petit problème, les filles.

— Quoi ? avons-nous demandé en chœur.

— Euh… On n'est plus en 2005 et Beverly Hills n'est plus Beverly Hills.

Nous avons regardé ce qu'elle nous montrait… et nous avons failli nous évanouir. Car devant nous se dressait une affiche immense à l'effigie de Mandy qui proclamait en lettres énormes :

MANDYHILLS – 2025

Horreur, terreur, malheur !

— Le gadget de Jerry n'est pas

un téléporteur, mais une machine à voyager dans le temps, a constaté Sam.

— On a… on a fait un saut de vingt ans dans le futur, c'est ça ? a bégayé Clover. C'est affreux, ma jeunesse est partie en fumée, envolée, volatilisée sans que j'aie pu en profiter !

Elle s'est assise sur le trottoir

pour sangloter, la tête entre les mains.

— Je sais qu'on dit que les années passent vite, mais quand même, à ce point-là ! En plus Mandy est devenue une superstar, on dirait qu'elle contrôle toute la ville. C'est affreu-eu-eux !

Il faut avouer que c'était assez traumatisant. Où qu'on pose les yeux, on voyait Mandy : Mandy-TV, Mandy-taxi, Mandy-ciné, Mandy-shop, Mandy-ci, Mandy-là. Elle était PARTOUT !

Pendant que je tentais de réconforter notre pauvre Clover qui faisait une vraie mandépression, Sam préparait déjà un plan d'attaque.

— Il faut regagner le WOOHP pour demander de l'aide à Jerry.

Même avec vingt ans de plus, il pourra sans doute nous donner un coup de main. Ensuite, nous nous occuperons de Mandy.

Chapitre 3

13h21
QG du WOOHP, 2025

Nous avons donc traversé la ville à la recherche du grand building du WOOHP. Heureusement, malgré la mandification de la ville, le plan était resté à peu près le même. Mais, à notre arrivée devant la porte du QG, une autre surprise nous attendait. Sam a tapé le code d'accès.

— **ERREUR**, a répondu une voix de robot.

Elle a recommencé.

— **ERREUR**.

— On nous refuserait l'entrée ? s'est énervée Clover. J'aimerais bien voir ça.

À l'aide du tournevis triple vitesse de son bracelet multifonction, elle a désactivé le code de la porte.

— Et hop !

J'ai souri.

— Heureusement qu'on a tou-jours nos bons vieux gadgets.

Nous sommes montées directe-ment dans le bureau de Jerry.

— C'est sinistre, il n'y a personne et tout est recouvert de housses en plastique, a murmuré Clover.

— On se croirait dans la maison de ma grand-mère, ai-je remarqué.

Comme toujours, c'est Sam qui a pris les choses en main.

— Gladis pourra sûrement nous expliquer ce qui se passe. Activons-la.

Elle a pianoté sur la console de commandes.

Le robot s'est mis à clignoter fai-blement, puis a murmuré d'une voix lasse :

— Oh... Sam, Clover, Alex... Que faites-vous là ? Et comment se fait-il que vous ayez l'air si jeunes ?

— Nous venons de l'année 2005. Nous avons eu un problème avec la machine à voyager dans le temps de Jerry et nous ne savons pas comment retourner là-bas. Mais qu'est-il arrivé au WOOHP ?

— Le WOOHP ? Ça fait des années qu'il a fermé.

— Vous voulez dire que l'organisation a cessé toute activité ? s'est étonnée Clover.

Gladis a hoché sa grosse tête de robot.

— En un mot, oui.

Je n'en revenais pas.

— Et en plusieurs ? ai-je insisté. On peut avoir des détails ?

— Jerry se faisait vieux. Il était fatigué, alors il a décidé de se faire cryogéniser. Son objectif était de rester congelé en attendant que la science ait fait assez de progrès pour lui redonner sa jeunesse.

Tout en nous racontant cela, Gladis a ouvert une trappe et en a fait remonter un grand tube de verre. Et dans le tube se trouvait…

notre Jerry, congelé comme un poisson pané !

— Ah, c'est horrible. Il est encore plus ridé qu'avant, a constaté Clover. Et il a encore moins de cheveux !

Quel manque de tact ! J'ai posé un doigt sur mes lèvres.

— Chut, sois plus discrète, enfin !

— Pourquoi ? Il ne peut pas nous entendre.

— Ah, tu crois ?

Pour voir, je lui ai tiré la langue. Il n'a pas réagi. Notre grand chef était bel et bien hors service.

J'ai dû m'asseoir sur la banquette parce que la tête me tournait. Cette histoire était tout simplement dingue.

— Gladis, vous devez savoir comment faire pour retourner à l'époque où vous étiez l'assistante de Jerry, est intervenue Sam.

— Je ne suis pas une assistante. Je suis un Gadget Localisation Assistance Dépannage à Intelligence Synthétique, et programmer une machine à voyager dans le temps est indigne de moi.

— Pff, toujours aussi susceptible, a soupiré Clover. Mais nous, on fait quoi ?

Soudain Sam a claqué des doigts. Cela veut généralement dire qu'elle vient d'avoir une idée géniale.

— Je sais ! On va demander de l'aide aux futures nous-mêmes !

— C'est vrai, ça ! me suis-je exclamée. Chacune de nous a forcément un double adulte dans cette ville. Gladis, que sommes-nous devenues ?

— Vous continuez à sauver le monde ! Vous aimiez trop votre rôle de Spies pour y renoncer parce que Jerry avait pris sa retraite. Vous avez juste installé votre QG chez vous.

— C'est vrai, ç'aurait été dommage de gâcher notre talent ! ai-je remarqué modestement.

— Bon, alors, on va se rendre une petite visite à nous-mêmes, a décidé Clover.

Chapitre 4

14 h 15
Villa
des Spies

Nous nous sommes donc ren-
dues à notre adresse. Notre somp-
tueuse villa était toujours là, et nos
trois noms figuraient toujours sur
la boîte aux lettres.

— Super ! me suis-je exclamée.
Ça veut dire qu'on vit encore
ensemble. C'est beau, l'amitié !

Clover a levé les yeux au ciel.

— Non, c'est pathétique ! Parce que ça signifie qu'à trente ans passés, nous sommes toujours célibataires toutes les trois ! Nous sommes des vieilles filles, voilà tout ! a-t-elle sangloté.

Décidément, cette aventure la déprimait au plus haut point.

Nous avons sonné à la porte, mais visiblement nous n'étions pas chez nous. (C'est dingue, hein, cette histoire ! On dirait que je suis complètement folle quand je raconte ça…)

Sam était tout essoufflée.

— On va entrer pour se reposer un peu, a-t-elle haleté. Je ne sais pas pour vous, mais je suis épuisée. Visiblement, ce bond dans le temps a affecté notre organisme.

— Oui, ai-je confirmé. Il faut

qu'on trouve une solution pour regagner notre époque, et vite !

— Moi, c'est pareil, a acquiescé Clover. Comme si j'avais couru le marathon des soldes alors que je n'ai même pas une nouvelle garde-robe !

Heureusement, nous avions la clé, et la serrure n'avait pas changé. Clover est entrée dans le salon.

— Pas mal, la nouvelle déco ! Moderne, design et chic ! Je parie que c'est la future moi qui s'en est occupée.

— Bon, on va chacune dans nos chambres se reposer cinq minutes et voir si on peut trouver des indices, a décidé Sam, notre cheftaine.

Moi, je trouvais que ma chambre avait drôlement changé. Il n'y avait plus de couleurs, plus de posters sur les murs, c'était triste comme ça, je préférais avant. Mais en m'affalant sur un tas de coussins, j'ai retrouvé… devinez qui ? Ma tortue en peluche fétiche, Ollie ! Comme quoi, je n'avais pas changé tant que ça !

Au bout de trente secondes, nous avons entendu un cri strident :

— Hé, les filles ! Venez voir !

Sam ! Elle ne tient vraiment pas en place.

Elle était assise à son bureau, devant son ordinateur. Un ordinateur super moderne avec un écran ultraplat dernier cri, mais croyez-moi si vous voulez, elle avait toujours le même fond d'écran qu'en 2005 (un truc avec des nuages blancs sur un fond bleu sans aucune originalité…) Sacrée Sam !

— La Sam du futur possède des dizaines de dossiers sur Mandy, nous a-t-elle expliqué. Visiblement, les Spies ont des doutes sur son honnêteté. Et elles enquêtent sur sa chaîne de télévision, Mandy TV. On ferait peut-être bien d'aller y faire un tour. Si ça se trouve, nos doubles sont là-bas en ce moment même !

Chapitre 5

15h16
Studios de Mandy TV

Le siège de la chaîne était situé dans un grand bâtiment surmonté d'un M géant… comme Mandy, bien sûr. Toutes les portes étaient gardées par des hôtesses à l'air peu aimable qui ressemblaient comme deux gouttes d'eau à… Mandy.

Grâce à la touche relooking express de notre com-poudrier, nous avons pu nous faire un look mandiesque afin de passer inaperçues. Puis nous avons pénétré dans le hall de Mandyworld.

J'ai lu les affiches de toutes ses émissions.

— *Bonjour, Mandy ! La Cuisine de Mandy, Mandy Info, Mandy Mode, Docteur Mandy, Plus belle Mandy…*

Beurk, il y a de quoi faire une man-
digestion !

— Essayons de pénétrer sur le
plateau de tournage principal, a
proposé Sam. Mandy doit sûrement se préparer dans les coulisses
pour son émission en direct de ce
soir.

Le plateau était encore désert, il
devait être un peu trop tôt. En tout
cas, il était immense et orné du
fameux M. Sam s'est approchée de
la caméra et l'a examinée avec les
lunettes détecteur thermosensibles.

— Qu'est-ce que c'est que cet
engin bizarre ? On dirait qu'il y a
un émetteur de radiations à l'intérieur...

Soudain, je me suis retournée.
Un bruit sourd provenait de la
cloison en verre du studio.

— Hé, vous avez entendu ?

Avec les fameuses lunettes, Sam a détecté trois silhouettes emprisonnées derrière la paroi.

J'ai tripoté toutes les touches de la console de commandes pour essayer de l'ouvrir.

— Voyons ce bouton… Oups, non, ça allume les projecteurs. Et cette manette ? Ah non, c'est pour le son. Ça y est, je crois que j'y suis !

Effectivement, la paroi de verre s'est éclaircie, et nous nous sommes retrouvées face à face avec… nous-mêmes ! Sam, Clover et Alex, mais avec vingt ans de plus.

Sam Senior a croisé les bras. (C'était à parier, elle n'a pas changé : elle joue toujours les chefs, même en 2025.)

— Pourquoi Mandy nous

impose-t-elle tout à coup la présence de ces hologrammes ridicules ?

La Moi plus vieille a fait la grimace.

— Je n'en sais rien, mais c'est complètement raté. Ça ne me ressemble pas.

— Euh, mais je suis toi ! ai-je protesté. Nous ne sommes qu'une seule et même personne.

Clover a tenté d'expliquer la situation :

— La machine à voyager dans le temps de Jerry nous a expédiées dans le futur. En fait, nous sommes vous, mais avec vingt ans de moins.

— Dans ce cas, comment se fait-il que je ne me souvienne pas de cet épisode ? a demandé Sam Senior en bonne Sam qu'elle était.

Sam Junior lui a sorti une explication hypertechnique sur les cycles temporels. L'autre a hoché la tête : entre Sam, elles se comprenaient. Tant mieux, parce que moi je n'avais pas saisi grand-chose.

— Bon, en tout cas, maintenant, nous sommes là ! ai-je conclu. Alors on va vous libérer et vous allez nous aider à regagner notre époque, pas vrai ? C'est ça, la vraie solidarité entre les générations.

Clover est intervenue :

— Juste une minute ! Avant qu'on passe à l'action, j'aimerais savoir où me procurer la robe que vous portez. J'adoooore.

J'ai fait la moue.

— Hum, je ne te vois pas avec ce style de vêtements, ça fait un peu vieux.

Je me suis interrompue, écarlate, en me rendant compte de l'énormité que je venais de sortir.

Heureusement si Clover version adulte semblait vexée, Sam Senior a détendu l'atmosphère.

— Ne vous inquiétez pas, vous n'aurez pas l'impression d'être vieilles lorsque vous aurez notre âge.

Mini Clover a soupiré, soulagée.

— C'est vrai ? Tu en es sûre ? Parce que j'ai tellement peur de vieillir ! L'idée de dépasser la vingtaine, ça me donne la chair de poule : les cheveux blancs, les rides, les kilos en trop…

Je lui ai donné un coup de coude pour l'arrêter.

Elle a sursauté.

— Hein ? Ah oui, c'est pas tout ça, mais faut se mettre au boulot. Il faut qu'on vous libère et qu'on arrête Mandy.

— Oui, a confirmé Sam Senior, c'est ce que nous étions venues faire. Nous voulions détruire la caméra émetteur avec laquelle elle hypnotise les foules, mais elle nous a capturées avant.

— Qu'elle vienne, maintenant ! On verra si elle est de taille à affronter six Super Spies ! ai-je claironné.

Je n'aurais peut-être pas dû faire ma maligne. Car manque de chance, comme si elle avait entendu, juste à ce moment-là, Mandy a surgi dans le studio, suivie d'une armée de mandygirls.

— Eh bien, la nature nous a joué un drôle de tour, à ce que je vois.

— Oui, voici ton pire cauchemar, en double exemplaire ! a annoncé Sam.

Mandy a éclaté d'un rire de crécelle.

— Ha, ha, ha ! Vous pourriez être cent, rien ne pourra m'empêcher de mandyfier la terre entière !

— C'est ce qu'on va voir, ai-je répliqué.

Et une fois de plus, j'aurais dû me taire, parce que trois Spies affaiblies par le voyage temporel, ce n'était visiblement pas assez pour tenir tête à une vingtaine de mandygirls déchaînées. Pour faire court, nous avons pris une sacrée raclée. Et en moins de temps qu'il ne faut pour le dire, nous nous sommes retrouvées prisonnières derrière la paroi de verre, comme nos aînées.

— Profitez bien de l'émission, nous a lancé Mandy, triomphante.

Ma version adulte a haussé les sourcils.

— Je croyais que je me battais mieux que ça.

— Désolées, le voyage dans le temps a déréglé notre métabolisme. Nous sommes épuisées. Bientôt nous n'aurons plus aucune énergie, a expliqué Sam.

Son clone adulte a enchaîné :

— Si nous ne sortons pas d'ici au plus vite, non seulement Mandy deviendra la plus grande star du monde, mais forcées de regarder son programme, nous serons nous-mêmes hypnotisées.

J'étais un peu découragée, je dois l'avouer. J'ai soupiré :

— Comment on va sortir de là ? On ne peut même pas toucher les vitres, elles sont électrifiées.

— Ou alors on prend le risque d'avoir les cheveux électriques, et je déteste ça, a affirmé Clover qui ne perd jamais une occasion de faire de l'humour même dans les situations les plus critiques.

Sam Junior et Sam Senior ont échangé un regard entendu.

— Tu penses à la même chose que moi ?

— Bon, quelqu'un va me dire ce que les Sam ont en tête ? ai-je protesté.

— Le Pulso-Cyclone 9000, Alex ! ont-elles répondu d'une seule voix.

— On ne peut pas toucher les vitres…, a expliqué notre Sam.

— … parce qu'on prendrait une décharge, a poursuivi l'autre.

— Mais on peut les faire fondre…

— ... sans même les effleurer d'un doigt, a conclu Sam Senior.

Aussitôt dit, aussitôt fait. Tandis que Mandy était occupée à préparer son émission, Sam a sorti le super gadget et a fait fondre la vitre grâce à la puissance chauffante du sèche-cheveux. Nous étions libres ! Mais un peu trop fatiguées pour nous battre. Heureusement, nos versions adultes ont pris le relais.

Assise devant sa caméra, Mandy a entonné son petit couplet :

— Bonjour la planète ! Bienvenue dans l'émission *Le Monde tourne autour de Mandy* !

Mais elle n'a pas eu le temps d'en dire plus car les Méga Spies sont passées à l'attaque. Elles l'ont saucissonnée dans ses câbles et éblouie avec les projecteurs. Bientôt Mandy s'est retrouvée prisonnière d'une cage en verre. Tel est pris qui croyait prendre, comme on dit.

Les plus petites devant, les plus grandes derrière, six Spies rangées par ordre de taille ont quitté les studios de Mandy TV emportant une Mandy furieuse. Nous l'avons vite transférée au WOOHP, malgré ses cris de protestation :

— Je suis la plus grande star du moooonde ! Vous allez vous en mordre les doigts. Libérez-moi ! Le monde a besoin de Mandyyyyyyyy !

Chapitre 6

18 h 16
QG du WOOHP

Dès que nous sommes arrivées au WOOHP, les Spies Senior ont déposé Mandy dans un coin, tandis que nous nous empressions de décongeler Jerry à l'aide du Pulso-Cyclone. Lui seul pouvait nous aider à regagner notre époque.

Toutes les six en cercle autour de son cercueil de verre, nous étions un peu inquiètes.

— Hum… Il décongèle ?

— Ou il fond ?

— Quoi qu'il fasse, il faut qu'il se dépêche parce que je me sens patraque, a gémi Clover. J'ai les tibias tout flagadas et un coup de mou dans les genoux.

En ouvrant les yeux, Jerry s'est mis à râler (il fallait s'y attendre !) :

— Ah, sapristi ! Je voulais être

réveillé dans le futur, pas dans le passé !

— Mais vous êtes dans le futur, sauf qu'avec votre machine à remonter dans le temps, on s'est perdues, ai-je bafouillé. Enfin, bref, on veut rentrer chez nous en 2005, maintenant.

Jerry a paru surpris.

— Vous voulez dire que la machine a fonctionné ?

— Eh oui, a confirmé Sam. Vous ne savez même pas à quel point vous êtes doué !

— C'est une honte de ne pas faire profiter le monde de vos talents, a renchéri Clover.

— Oui, vous devriez rouvrir le WOOHP, ont conclu les trois Spies Senior. Et on serait ravies de reprendre du service à vos côtés.

Clover s'est affalée sur la banquette.

— Dites, c'est très émouvant tout ça, mais bientôt je n'aurai même plus la force de faire le voyage, alors si vous pouviez nous renvoyer chez nous…

Jerry a caressé son crâne chauve.

— Bien sûr, bien sûr. Bon, où ai-je mis cette fichue machine ?

— Oh non ! Ce n'est pas vrai ! ai-je soupiré. Il l'a perdue !

— Comment voulez-vous que je sache où elle est, puisque je ne l'ai jamais utilisée, s'est défendu notre chef, tout penaud.

Gladis s'est alors mise à clignoter.

— Puis-je vous suggérer de consulter le fichier des gadgets non-utilisés, dans ce cas ?

— Humpf, ah oui, a bougonné Jerry en tapotant sur son ordinateur. Elle est dans la réserve référence XT 923. Apportez-la-moi, Gladis.

— Apporter est indigne de moi, a répliqué le robot.

J'allais l'étrangler de mes propres mains, mais elle a poursuivi :

— Cependant, je vais faire une exception pour nos jeunes amies du passé.

— Et qu'est-ce qu'on fait de Mandy ? a demandé Clover Senior. Elle est très bruyante.

Effectivement, Mandy n'arrêtait pas de hurler en tapant des poings et des pieds sur la paroi de verre de sa cage.

Jerry s'est caressé la moustache.

— Hum… je vais y réfléchir. On n'a qu'à la stocker dans le placard technique, en attendant.

— Au secours ! braillait Mandy. Vous ne pouvez pas vous débarrasser de moi comme ça ! Je suis une célébrité ! Tout le monde me connaît. Au sec…

Il a appuyé sur un gros bouton rouge et Mandy a été aspirée. Jerry a repris :

— Merci, les filles ! Je tenais à vous dire que ça m'avait fait du bien de voir des espionnes en pleine action. J'ai retrouvé une seconde jeunesse. Vous m'avez convaincu : je vais rouvrir le WOOHP !

Là, nous avons toutes applaudi, même Gladis (ne me demandez pas comment elle fait).

Nos jumelles du futur nous ont serrées dans leurs bras avant de nous souhaiter un bon voyage et nous avons filé à travers le temps pour regagner le WOOHP de 2005.

Un tourbillon, un éclair rose et nous avons atterri... – je vous le donne en mille – oui, sur la banquette du WOOHP, enchevêtrées les unes aux autres comme d'habitude.

Le Jerry version 2005 (un tout petit peu moins chauve et un tout petit moins grisonnant, mais toujours aussi grincheux) se tenait devant nous, les poings sur les hanches.

— Eh bien, on paresse ? Je croyais que vous auriez davantage avancé dans le rangement. Je suis déçu !

— On vous expliquera, Jerry, a promis Sam en se relevant d'un bond. Il faut qu'on file pour modifier le futur.

Notre grand chef s'est gratté le crâne.

— Modifier le futur ? Mais qu'est-ce que vous racontez ?

— Assez de questions ! l'a coupé Clover en l'agrippant par la cravate. On a besoin d'aide. Essayez de nous trouver un gadget qui fait repousser les ongles à vitesse grand V. C'est capital pour l'avenir de l'univers !

— Une minute… Je pense avoir quelque chose…

Il a farfouillé dans une pile de

gadgets et s'est relevé en brandissant un flacon rose.

— Voilà, c'est ça !

Sans lui laisser le temps de dire ouf, nous nous en sommes emparées.

En partant, Clover a susurré :

— C'est fou, Jerry, mais vous paraissez vingt ans de moins.

Et nous avons planté là un Jerry tout rougissant pour filer au lycée.

Chapitre 7

09h33
Lycée de Beverly Hills

— Attention, les filles. La voilà, nous a chuchoté Sam.

Je me suis extasiée tout haut :

— Alors comme ça, tu vas devenir la nouvelle meneuse des pom-pom girls, Clover ? C'est génial !

— Bien sûr, Alex, a répliqué Sam à pleins poumons. Puisque Mandy ne fait plus partie de l'é-

quipe, Clover va prendre sa place.
Quelle chance !

En agitant son petit flacon rose,
Clover a enchaîné :

— J'espère qu'elle ne mettra
jamais la main sur mon VERNIS À
ONGLES SPÉCIAL REPOUSSE
EXPRESS. Tiens, je vais le ranger
DANS MON CASIER.

Mandy, qui était à l'autre bout
du couloir, avait tout entendu, ou

tout du moins nous l'espérions...
Habile, non ?

Ça n'a pas raté, dès que nous nous sommes éloignées, elle s'est jetée sur le casier de Clover, et s'est barbouillé les ongles de vernis magique.

— Oh, génial ! Mon ongle est comme neuf ! Bas les pattes, Clover : Je reviens sur le devant de la scène !

Vous avez compris notre plan ? Grâce au gadget de Jerry, l'ongle cassé de Mandy repoussait, elle redevenait pom-pom girl, comme ça, elle abandonnait l'idée de présenter l'émission de télé du lycée et jamais elle ne deviendrait une star du petit écran. Hop, nous avions sauvé le monde d'un terrible péril !

Mais il restait un petit détail que nous n'avions pas prévu. Comme Mandy refusait de participer à l'émission, David, le beau David, recherchait toujours une nouvelle présentatrice.

Il s'est approché de notre Clover avec son sourire ravageur.

— Dis, Clover, ça te dirait de passer sur la chaîne de télé du lycée. Je suis sûr que tu es très télégénique.

Évidemment, elle est passée par toutes les couleurs de l'arc-en-ciel.

Mais avant qu'elle ait pu répondre quoi que ce soit, nous lui avons plaqué la main sur la bouche et nous l'avons chacune prise par un bras pour l'entraîner de force loin de lui.

— Désolées, David. Clover a un

emploi du temps beaucoup trop chargé. Ça ne l'intéresse pas, a répondu Sam.

— En plus, elle est allergique aux projecteurs, ai-je renchéri. Ça lui donne de terribles boutons purulents partout.

— Ah oui, ce n'est pas beau à voir, a confirmé Sam.

Le sourire de David s'est évanoui.

— Ah bon… Je vais trouver quelqu'un d'autre alors.

— C'est ça ! Bonne chance !

Fin

Totally Spies!

Quelles missions
top-secrètes
attendent encore
les Spies ?

Pour le savoir
tourne vite la page

Retrouve Alex, Clover et Sam dans le prochain tome de la série : Alex déménage

Bonjour, mesdemoiselles ! Voici ce qui vous attend dans votre prochaine mission :

Alex, votre coéquipière doit nous quitter ! Ses parents ont découvert ses mauvaises notes et ils ont décidé de l'envoyer dans un pensionnat anglais réputé pour sa discipline de fer.

Mais une espionne bien entraînée reste toujours sur ses gardes même lorsqu'il s'agit de remonter sa moyenne générale... Et Alex va vite découvrir que cet internat cache plus d'un secret. Notre espionne de choc est en danger, il faut la sauver !

Bienvenue dans les archives du WOOHP. Attention, toutes les missions des Spies sont ultra-confidentielles !

On connaît la musique

Créatures féroces

Espionnes contre espions

Très chères mamans

Modèles réduits

Cookies Délices

Un parfum diabolique

Sens dessus dessous

Le camp des stars

Disco Spies

Le Cirque de la peur

Super Spy

Coup de foudre à haut risque

Action-Vérité

Sois beau et bats-toi !

Super Mandy

Panique au WOOHP

Jerry fait son cinéma

Connecte-toi vite sur le site de tes héros
préférés : **www.bibliothequerose.com**
• Tout sur ta série préférée
• De super concours tous les mois !

Table